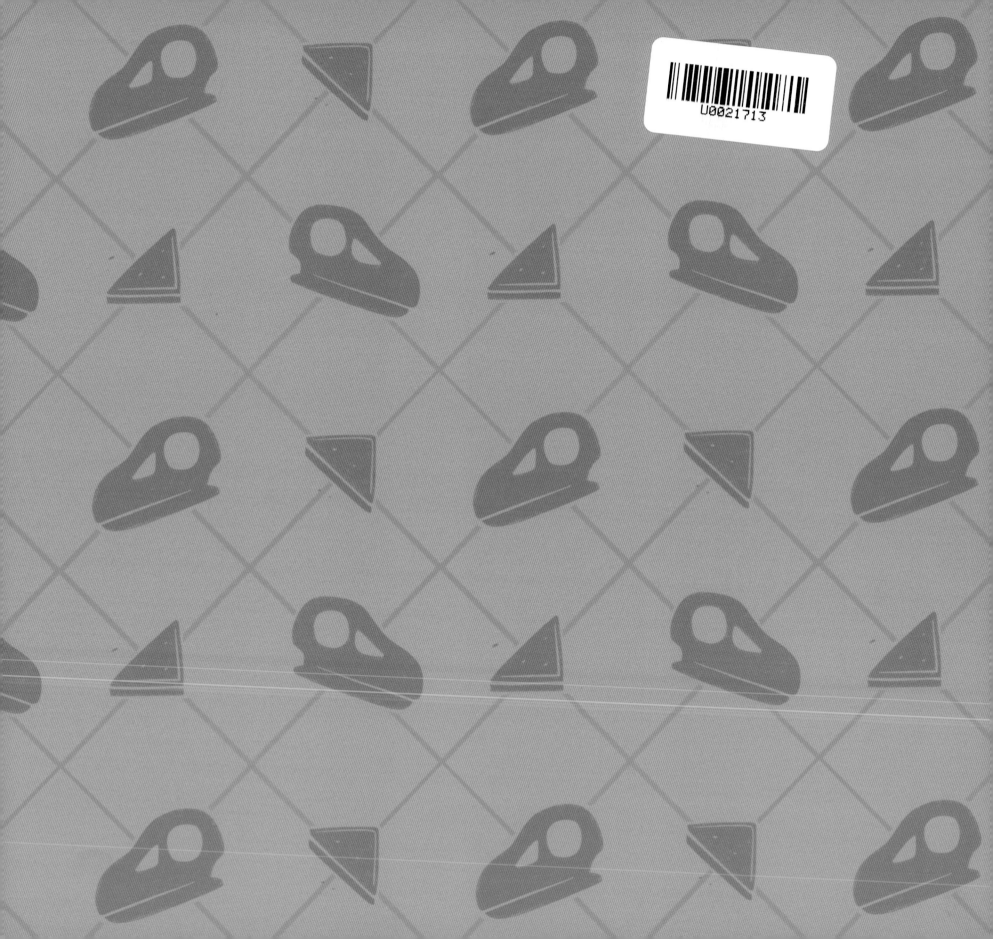

文／圖
傑斯・麥基恩
JESS McGEACHIN
翻譯
謝靜雯

法蘭琪和她的化石朋友

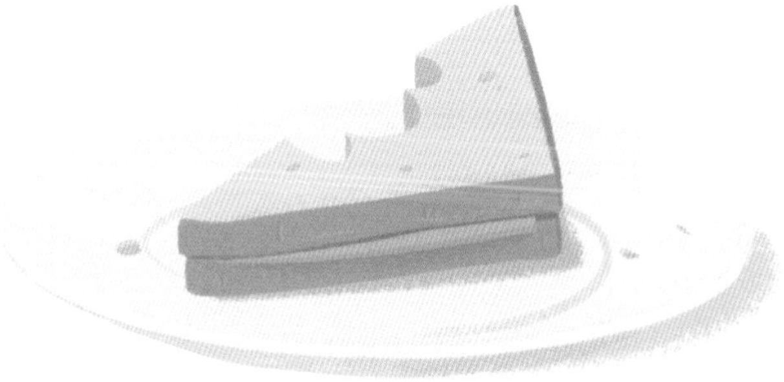

關於恐龍的事情，法蘭琪**無所不知**。

她可以告訴你，
鴨嘴龍長得有多高，纖角龍的身體有多長，
又要怎麼一眼看出劍龍在哪裡。

可ㄎㄜ是ㄕ，不ㄅㄨ是ㄕ每ㄇㄟ個ㄍㄜ人ㄖㄣ都ㄉㄡ想ㄒㄧㄤ聽ㄊㄧㄥ跟ㄍㄣ恐ㄎㄨㄥ龍ㄌㄨㄥ有ㄧㄡ關ㄍㄨㄢ的ㄉㄜ事ㄕ情ㄑㄧㄥ。

法蘭琪背下了博物館裡
所有標示牌的內容。

不過，有一天她注意到之前沒看過的
標示牌：**請勿餵食這副化石。**

法蘭琪不需要看標示，
也知道化石不會吃東西，
可是感覺還是不大公平。

她往口袋裡掏了掏，
捏下起司三明治的一角。

「拿去吧。」她小聲說。

那天後來，
法蘭琪一直覺得怪怪的。
怪在哪裡，她也說不上來，
可是她在海洋展區裡
確實感覺到了……

在禮品店裡也是。

……甚至在回家的路上。

那天晚上法蘭琪怎麼都睡不著。
她試著說出各種恐龍的名稱：
奧卡龍、腕龍、雪松甲龍……

……梁龍！

一顆巨大的頭顱正從
她的臥房窗戶探進來，
脖子好長好長。

我一定是在做夢，法蘭琪心想。

可是那隻恐龍到了早上還在，
正在陽光下打瞌睡。

他一定很喜歡那個起司三明治。

法蘭琪悄悄溜下樓，
要替恐龍烤點吐司。

「你一定餓了吧，」她說，
「從上次早餐到這次早餐，
中間隔了一億五千兩百萬年，
實在太久了。」

恐龍吃得一點碎屑也不剩。

「而且你一定站著動也不動很久了。」
法蘭琪說。

她找到一根樹枝，
盡可能拋到最遠的地方。

恐龍立刻把樹枝撿了回來。

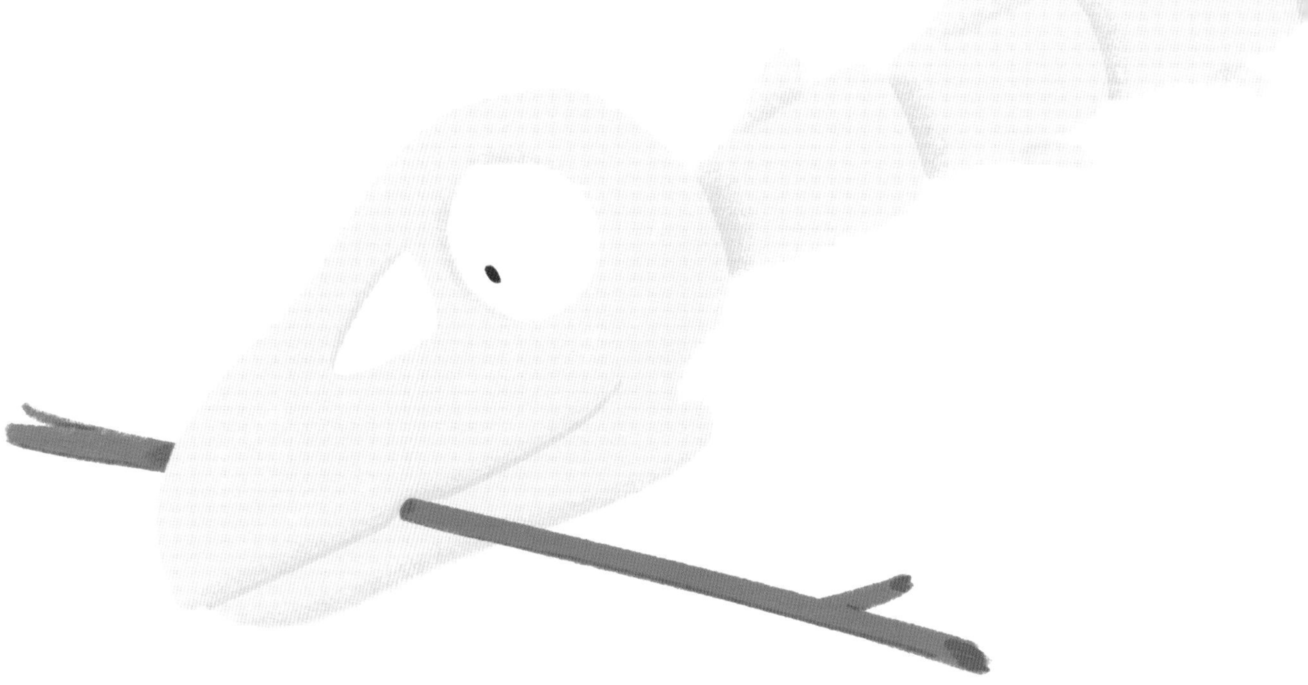

可是他為什麼在這裡？
他難道不想回到屬於他的地方嗎？

也許法蘭琪對恐龍的認識，沒有她自己想的那麼多。

不過，接著她想起梁龍在博物館展示的樣子。

「你是不是想念從前的同伴？」
她問。
恐龍難過的點點頭。

於是法蘭琪決定讓恐龍在這裡待久一點。

法蘭琪不得不承認，
家裡有一隻恐龍還滿方便的。
他可以搆到很高的地方……

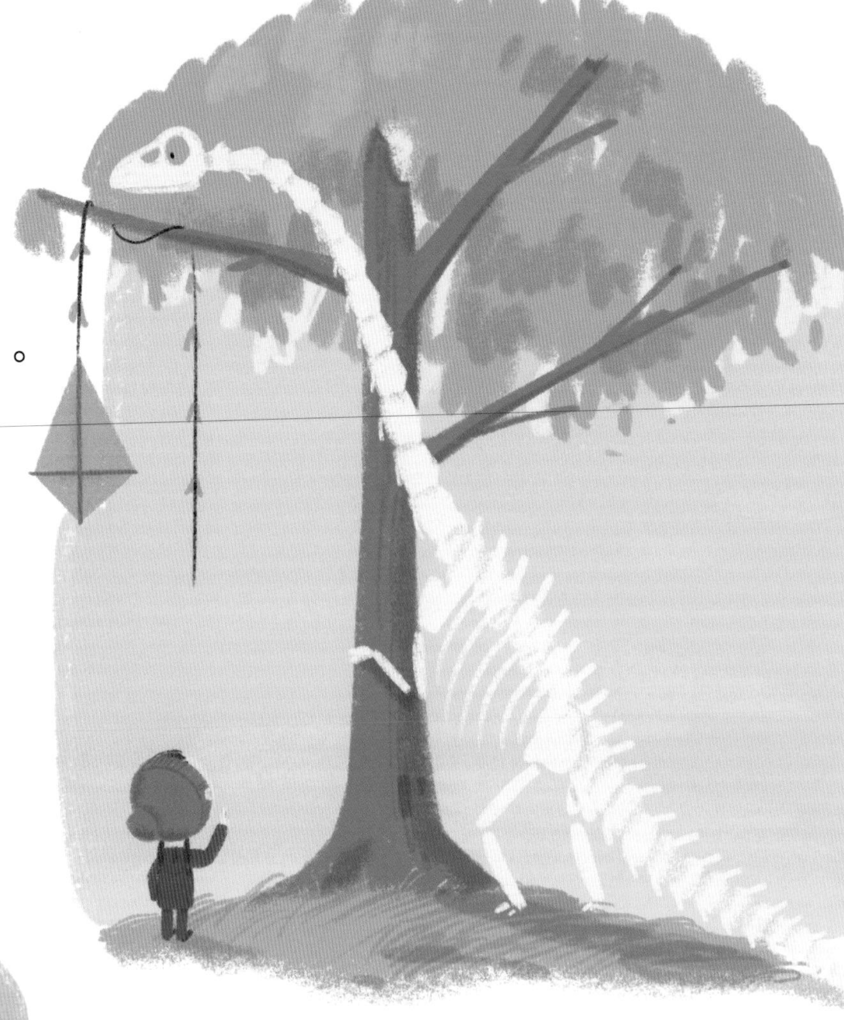

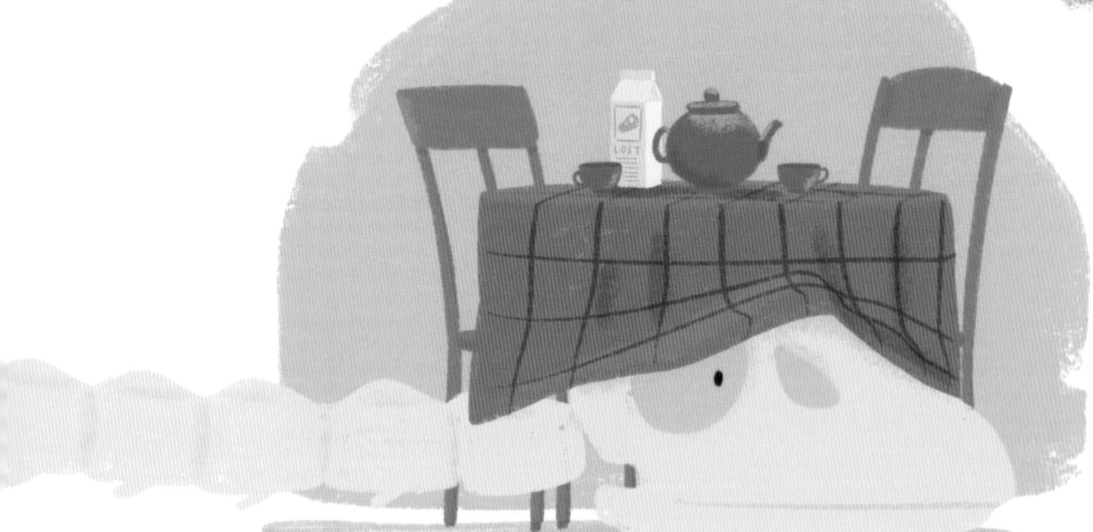

也很會玩捉迷藏……

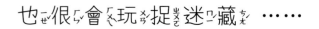

而且可以跟某個很懂恐龍的對象聊聊，
還挺不錯的。

隔天，
有人咚咚大聲敲門，
原來是博物館的
古生物學家。

他想把那副恐龍化石要回去。

可是恐龍化石
不想離開。

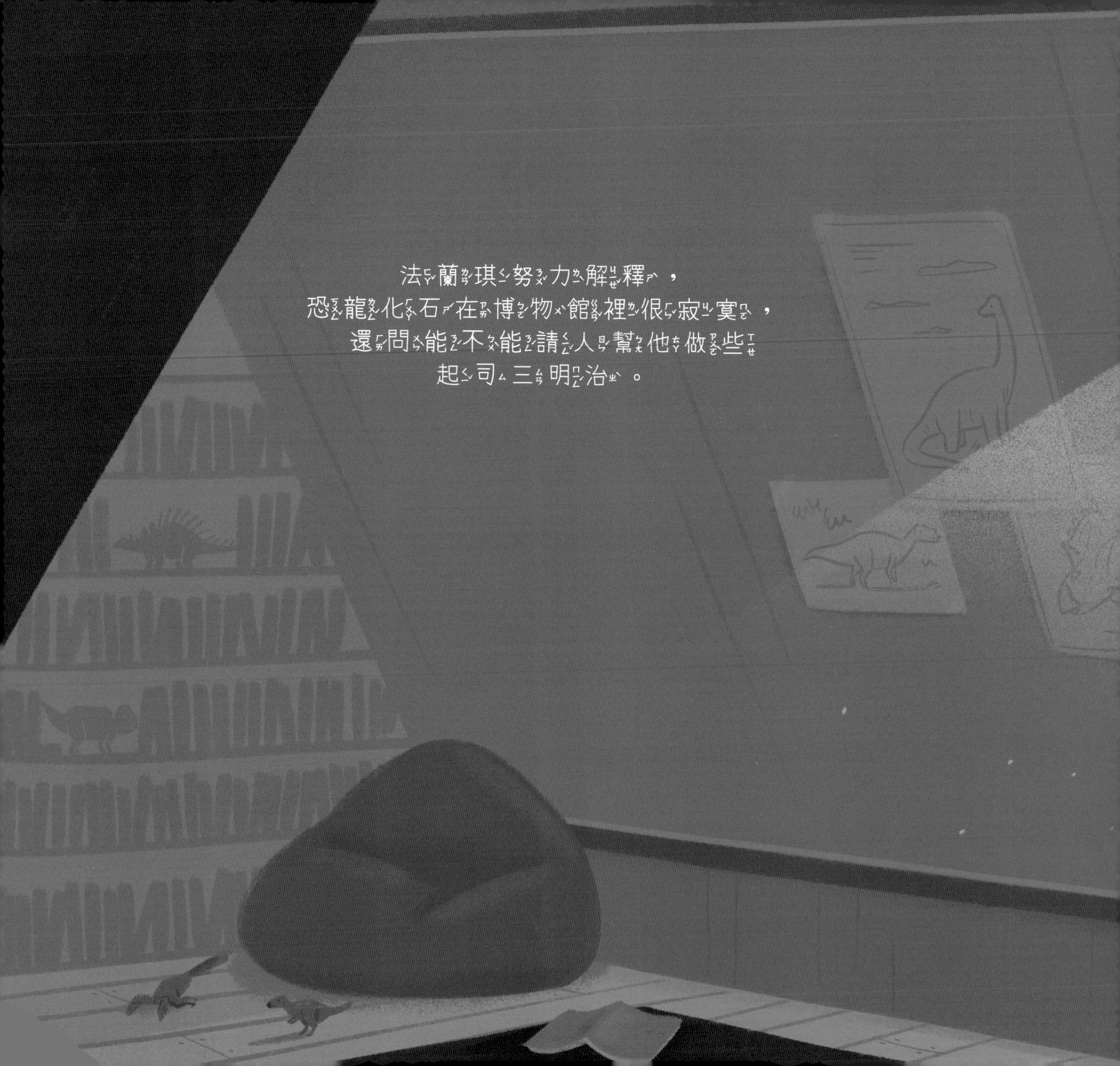

法蘭琪努力解釋，
恐龍化石在博物館裡很寂寞，
還問能不能請人幫他做些
起司三明治。

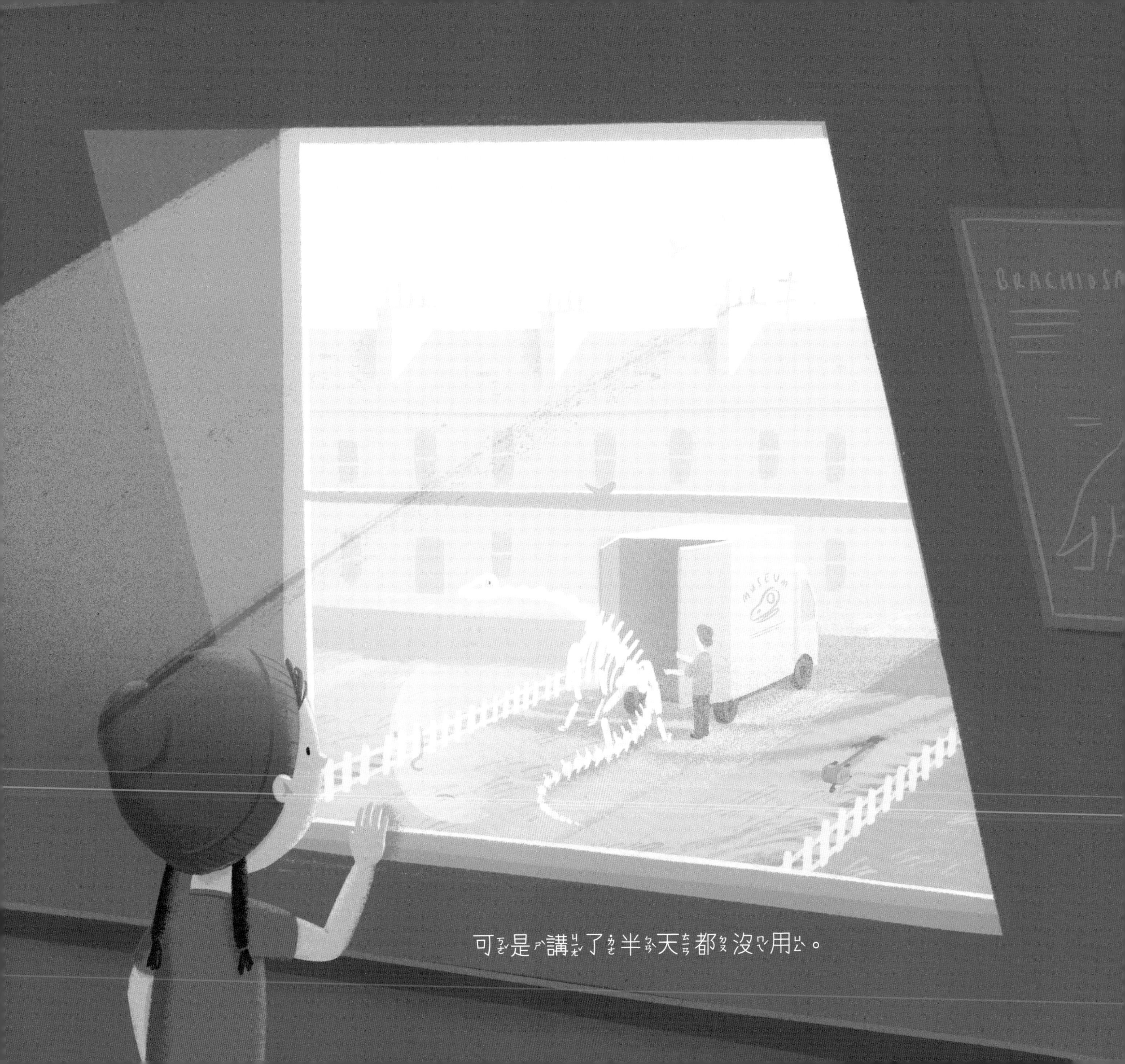

可是講了半天都沒用。

FOUND

媽媽帶了點午餐過來給法蘭琪。
「妳知道恐龍很愛起司三明治嗎？」法蘭琪問。

「我本來不知道，」媽說，
「可是沒人比妳更懂牠們了。」

就在這時，
法蘭琪想到一個很棒的點子。

關於恐龍，法蘭琪無所不知。
她知道牠們喜歡起司三明治，
也喜歡玩「你丟我撿」。

而且牠們喜歡有同伴，
就像她一樣。

法蘭琪的
史前三明治入門指南
起司
起司＋火腿
火腿
奧卡龍 AUCASAURUS
包頭龍 EUOPLOCEPHALUS
雪松甲龍 CEDARPELTA
福井盜龍 FUKUIRAPTOR
腕龍 BRACHIOSAURUS
鴨嘴龍 HADROSAURUS
似雞龍 GALLIMIMUS
禽龍 IGUANODON
釘狀龍 KENTROSAURUS
金山龍 JINGSHANOSAURUS
纖角龍 LEPTOCERATOPS
木他龍 MUTTABURRASAURUS
天青石龍 NOMINGIA

豪勇龍
OURANOSAURUS ◣

你可以在書裡面
找到我們嗎?

PTERODACTYL ◣
翼手龍

暴龍
TYRANNOSAURUS ◣

梁龍 DIPLODOCUS ◢

凹齒龍 RHABDODON ◣

劍龍 STEGOSAURUS ◢

尺凡龍

QUAESITOSAURUS ◢

伶盜龍
VELOCIRAPTOR ◣

烏丹角龍
UDANOCERATOPS ◢

隱龍 YINLONG ◢

烏爾禾龍
WUERHOSAURUS ◢

異角龍
XENOCERATOPS ◢

查摩西斯龍
ZALMOXES ◢

獻給Kim，我的博物館雙胞手足。

文、圖／傑斯・麥基恩
譯／謝靜雯
執行編輯／胡琇雅
美術編輯／蘇怡方
董事長／趙政岷　　第五編輯部總監／梁芳春
出版者／時報文化出版企業股份有限公司
108019台北市和平西路三段240號七樓
發行專線／（02）2306-6842
讀者服務專線／0800-231-705、（02）2304-7103
讀者服務傳真／（02）2304-6858
郵撥／1934 - 4724
時報文化出版公司信箱／10899臺北華江橋郵局第99信箱
統一編號／01405937
時報悅讀網／www.readingtimes.com.tw
法律顧問／理律法律事務所 陳長文律師、李念祖律師
Printed in Taiwan
初版一刷／2023年07月14日

採環保大豆油墨印製
Frankie and the Fossil

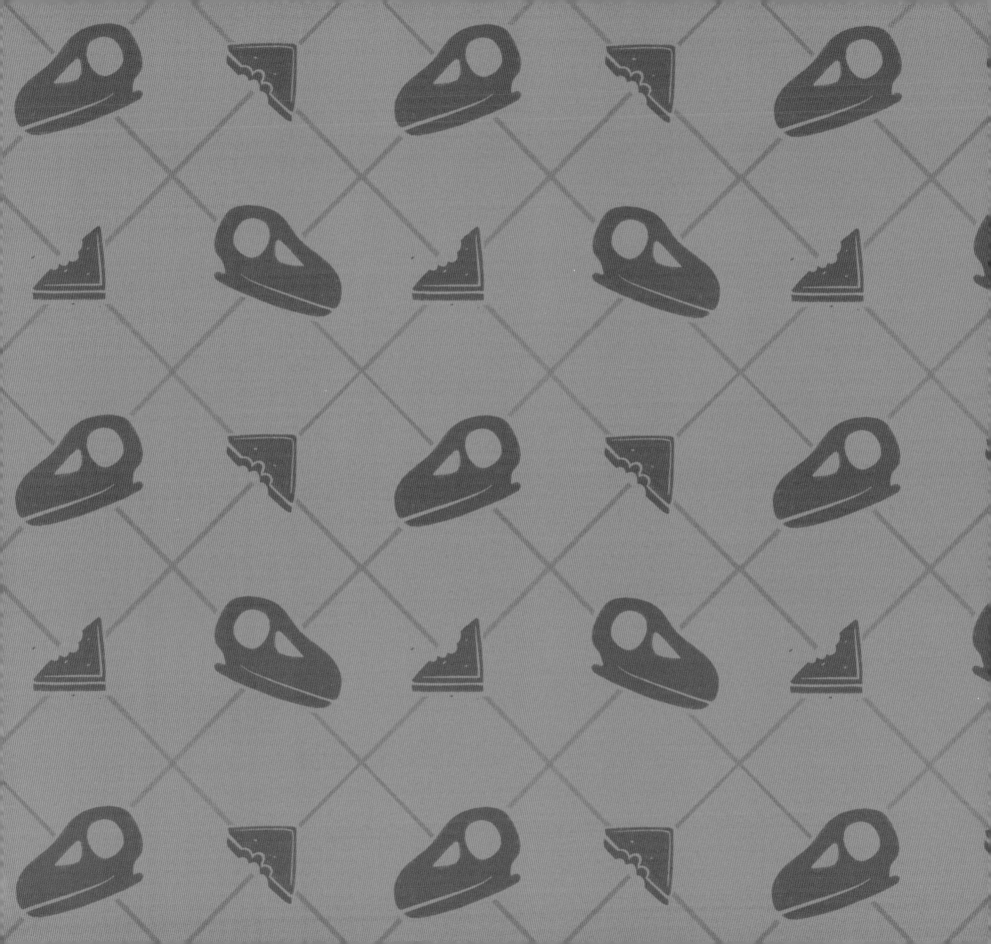